Ein Märchenbuch

Simon Pein

Ein Märchenbuch

Eins mit Sternchen

Bibliografische Information der Deutschen Nationalbibliothek:

Die Deutsche Nationalbibliothek verzeichnet diese Publikation in der Deutschen Nationalbibliografie; detaillierte bibliografische Daten sind im Internet über http://dnb.dnb.de abrufbar.

© 2013 Simon Pein

Illustration: Wolfgang Pein

Herstellung und Verlag:
BoD – Books on Demand, Norderstedt
ISBN 978-3-7322-4391-4

Ein Märchenbuch

Eins mit Sternchen.

Dieses jahrelang verschollene Märchenbuch fand ich gemeinsam mit verblichenen Dokumenten und Fotografien auf dem alten Dachboden meiner Eltern in einer geheimnisvollen, massiven Holztruhe. Hier überdauerten die Märchen geduldig die Jahre.

Es ist eine Hausaufgabe wie sie nach dem Krieg vielerorts in ganz Deutschland geschrieben wird. Die Kinder der Schulklasse im Hamburger Stadtteil Niendorf übertragen im Winter 1948 die schönsten Märchen der Klassenkameraden in das eigene Märchenbuch, welches alsdann diese Märchen der Klasse enthält.

Das Hauptaugenmerk für solch eine Hausaufgabe liegt auf der Bewertung der sprachlichen Kompetenz. Sind die Geschichten der Kinder grammatikalisch, orthografisch und syntaktisch korrekt formuliert? Inhaltlich wird eher selten etwas bemängelt. Erst der Rückblick verdeutlicht, wie stark die Realität mit den Träumen und Wünschen der Kinder von damals hier verschwimmen.

Zu jeder der Märchengeschichte ist eine kleine passende Zeichnung angefertigt. Passend zur Vorweihnachtszeit zeigt die erste Zeichnung eine Friedensglocke. Die Zeichnungen sind sorgfältigst mit Blei-, und Buntstift auf Löschpapier aufgetragen und hernach mit Kleber fest eingeklebt der auch 65 Jahre später noch extrem fest hält.

Diese selbstgeschriebenen Märchen erlauben es dem Leser zu erahnen, welche Normen und Werte die Kinder damals in sich tragen und wie stark diese mit der realen Welt verknüpft und in ihr verankert sind.

"Schreibt eure eigene Märchengeschichte", lautete damals die Hausaufgabe und die Schulkinder erschufen Geschichten mit wunderbaren Begebenheiten und schrieben danach im realen Leben Geschichte mit dem Wiederaufbau nach dem Krieg. Für Leistungen, die Erwartungen übertreffen, gibt es in deutschen Schulen nur einen Begriff: Eins mit Sternchen.

Inhaltsverzeichnis

Die armen Leute ... Seite 2
Was ich beim Weihnachtsmann sah " 8
Wie ein kleiner Junge den Weihnachts-" 12
              mann sucht
Die Backstube " 15
Die Fahrt in den Himmel " 18
Im Schlosse " 21
Karls Weihnachtstraum " 24

Die armen Leute.

Am Waldesrande stand ein kleines, armseliges Haus. Darin wohnte eine Familie mit zwei Kindern. Es waren sehr arme Leute. Es war am zweiten Dezem=

ber ein bitterkalter Tag. Da fanden die Kinder Zeit, etwas für die Eltern zu Weihnachten zu basteln. Aber es wollte nichts werden. Da dachten sie beide: "Wir suchen einfach den Weihnachtsmann, vielleicht kann der das besser." Gleich am nächsten Morgen gingen sie in den Wald. Es war ein sehr grosser Wald. Als sie ein paar Stunden gegangen waren, kam ein grosser Wolf dahergerannt, als wollte er die beiden Kinder auffressen. Doch als er sah, daß es nur Kinder wären, ging er ganz zahm neben ihnen her. Als sie weitergingen, kamen immer mehr Tiere.

Endlich fragten die Kinder den Wolf, ob er nicht wüßte, wo der Weihnachtsmann wohne. Der Wolf bejate diese Frage und er führte sie tiefer in den Wald. Jetzt mußten sie durch ein so dichtes Tannengehölz, daß alle Tiere bis auf den Wolf zurückblieben. Die Kinder sahen schon von weitem das Haus. Da sagte der Wolf: „Seht ihr das Haus dort hinter der Tanne? Da wohnt der Weihnachtsmann." Und damit verabschiedete sich der Wolf. Nun fingen die Kinder an zu laufen. Als sie bei der Tür angelangt waren, klopften sie an. Da öffnete ein steinalter

Mann die Tür. Die Kinder erschraken. Der Mann aber sagte: "Kommt nur herein und fürchtet euch nicht, ich bin Knecht Ruprecht." Die Kinder gingen nun hinein und sagten was sie wünschten. "Na, ja", sagte Knecht Ruprecht, "ich will mal sehen. Ich glaube ihr könnt mir mal ein bißchen helfen." Die Kinder willigten ein, und so mußten sie gleich mit helfen. Knecht Ruprecht sagte: "Ich will morgen in die Stadt. Packt mir mal meinen Sack." Am nächsten Morgen wollte Ruprecht los. Er fragte die beiden, ob sie mitwollten.

„Ja", sagten sie in einem Chor. „So macht schnell," erwiderte Ruprecht. Nun liefen sie vor die Tür. Da sahen sie einen Schlitten mit einem prächtigem Schimmel davor. Sie stiegen ein und in rasendem Galopp ging es davon. Als sie vor ihrer Eltern Haus angelangt waren, sagte Ruprecht „So, diesen Sack voll sollt ihr alleine haben, weil ihr so brav wart. Die Kinder öffneten den Sack und was sahen sie da? Sie wollten es gar nicht glauben. Für den Jungen war ein Bilderbuch und ein kleines Auto darin und für das Mädchen eine große Puppe. Für die Eltern war eine kleine Geldkasette dabei. Außerdem waren auch Küsse, Schokolade und Bonbons da. Da freuten sich die Kinder und liefen schnell ins Haus, wo sie von ihren Eltern jubelnd begrüßt wurden. Nun konnten sie Weihnachten in aller Pracht feiern.

von
Wolfgang Pein

Die Schulkinder von damals

Die Schulkinder von damals zu erreichen gestaltete sich als schwierig, in manchen Fällen gelang lediglich der telefonische Kontakt. Einige der damaligen Schüler wollten partout nichts mit diesem Buchprojekt zu tun haben, andere freuten sich über den Anruf. Einige von ihnen leben inzwischen erneut in Hamburg oder Umgebung, einige auch direkt wieder in Niendorf. Wolfgang Pein wohnte nach der Schule noch jahrelang in einer Villa direkt am Tibarg, genau dort, wo jetzt das Tibarg-Center steht. Er studierte in Hamburg und wurde später Lehrer. Heute lebt er in Norderstedt, einem Vorort von Hamburg. Ingo Mecker arbeitete nach der Schule zunächst für eine Werkstatt in Billstedt, wechselte aber später zu BP. Er entwickelte, betreute und leitete jahrelang das globale Weiterbildungsprogramm des Ölkonzerns. Er lebt heute mit seiner Frau im Hamburger Stadtteil Ottensen. Von Joachim Schlünzen, dem Autor von "Karls Weihnachtstraum" ist lediglich bekannt, dass er frühzeitig verstorben ist.

Was ich beim Weihnachtsmann sah.

Tief im Wald steht ein Haus mit vielen Zimmern. Dort wohnt der Weihnachtsmann. Er hat jetzt sehr viel zu tun, denn es ist bald Weihnachten. In einem Zimmer

ist seine Werkstatt. Dort werden viele schöne Spielsachen angefertigt, für die Mädchen Puppen, Puppenstuben und auch Puppenwagen, für die Jungs Eisenbahnen, Schaukelpferde, kleine Autos, Häuser, Steckenpferde und noch viele andere Sachen. Daneben dem Zimmer ist die Backstube. Da backen die Engel die schönsten Sachen; Brezeln, Pfefferkuchen, Braunekuchen, Sterne aus Kuchen und Plättchen aller Art. ---
Auf einmal klopft es an die Tür. "Herein!" ruft der Weihnachtsmann und zwei Kinder kommen herein. Es sind Heidi und Max, die sich

im Wald verirrt haben. „Na," sagt der Weihnachtsmann, „wo kommt ihr denn her?" Da sagt Max ganz ängstlich: „Lieber Weihnachtsmann, wir haben uns im Wald verirrt." „Schon gut," antwortet der Weihnachtsmann, „ihr kommt wie gerufen, weil ich so viel Arbeit hab; ihr könnt mir ja ein wenig helfen, denn ich werde sonst mit der Arbeit nicht so schnell fertig. Ich wollte erst die Engel zur Hilfe nehmen." Nun halfen sie eifrig, und Weihnachten war alles fertig. – Da kam der Weihnachtsmann auch in das Haus, in welchem die Kinder

Heidi und Max wohnten; die kriegten das Schönste von allem, weil sie selbst mit dran gehol=
fen hatten.

von
Ingo Mecker

Märchen für Kinder

Märchen konkurrieren heutzutage mit den digitalen Medien. Werte werden oftmals in Form von Appellen oder Zurechtweisungen weitergegeben. Märchen sind im 21. Jahrhunderts in den Augen vieler Pädagogen sogar schädlich für die kindliche Entwicklung. Märchen als gewalttätige Phantasien, mit Darstellung von Trennung, Folter, Erniedrigung durch andere, oftmals mit Mord und Hinrichtung. Märchen sind zu grausam und vermitteln dem Kind realitätsfremde Bilder, so die Argumentation moderner Pädagogen. Als Resultat gibt es mittlerweile gewaltfreie, pädagogisch wertvolle Märchengeschichten.

Dabei will das Märchen gar keinen Schonraum anbieten. Alltägliche Konflikte, Probleme und Gefahren der Kinder werden durch Märchen aufgegriffen. Die Personen durchlaufen verschiedene Prozesse, bis sie sich aus den Verwicklungen lösen können. Märchenfiguren lösen Aufgaben sowohl aus eigener Kraft als auch im Zusammenspiel mit diesseitigen und jenseitigen Helfern.

In den Märchen der Kinder sind es der Nikolaus, Engel, Petrus, und natürlich der Weihnachtsmann, allesamt christliche Figuren mit übernatürlichen Kräften, welche tief verankert werden. Doch auch eine Prinzessin, Eltern, ein Förster und sogar ein Reh helfen den Märchenfiguren, ihre Abenteuer zu überstehen. Märchen erlauben dem Kind zu sehen, dass Mut, Liebe und Selbstbewusstsein, Geborgenheit, Verständnis, Hilfe und Rücksicht das Leben zu einem menschlichen machen und vermitteln so ein Urvertrauen in das Leben. Bei genauem Lesen können so die Träume und Hoffnungen der Schulkinder zwischen den Zeilen erahnt werden.

Wie ein kleiner Junge den Weihnachtsmann sucht.
 Es war einmal ein kleiner Jun=
ge der keinen Vater hatte. Seine Mut=
ter war den ganzen Tag auf der Ar=
beitsstelle und der kleine Junge war

den ganzen Tag allein. Die Weih=
nachtszeit kam immer näher
und die Kinder erzählten sich
etwas vom Weihnachtsmann. Das
hörte der kleine Junge und er
dachte: wer ist denn der Weih=
nachtsmann? Da sagte er sich:
"Den muß ich suchen." Am näch=
sten Morgen ging er los. Er ging
zuerst einen Feldweg und dann
kam er in den Wald. Er lief hin=
ein, da sah er ein Reh, das auf
ihn zu lief, er fürchtete sich nicht.
Als es bei ihm war, setzte sich der
Junge darauf und ritt davon, im=
mer tiefer kam er in den Wald,
und je tiefer, um so dunkler

wurde es. Bald sah er ein flaches Haus und zu dem brachte das Reh den Jungen. Nun stieg der Junge ab. Er klopfte an und ging hinein. Hier war ein alter Mann, den der Junge fragte: „Ist es hier richtig beim Weihnachtsmann?" „Ja", sagte der Alte, „ich bin es selber." Da zeigte der Weihnachtsmann ihm viele Spielsachen, und eins von diesen schönen Sachen schenkte er ihm. Nun zog er freudig nach Hause.

von
Gerhard Gienapp.

Die Backstube.

Es war einmal ein kleines Mädchen, das hieß Helga. Es wünschte sich nichts Anderes zu Weihnachten als einmal die himmlische Backstube besuchen zu dür=

fen. Ob ihr Wunsch wohl in Erfüllung ging? Am Heiligabend kam der Nikolaus und nahm sie mit in die himmlische Backstube. Sie fuhren mit einer Sternschnuppe bis vor das Tor der Backstube. Als Helga hineintrat, blieb ihr vor Staunen der Mund offen, aber sie machte ihn schnell wieder zu, denn der Nikolaus hatte ihr einen Kringel in den Mund gestopft. Dann gingen sie weiter in das zweite Zimmer. Hier gab es noch viel Schöneres zu sehen. Die Tische und Stühle waren aus Pfefferkuchen, der grosse Spiegel aus Zucker und die Schränke aus Schokolade. War das eine Pracht! Aber bald mußte Helga wieder zur Erde. Sie kriegte einen ganzen Sack voll Kuchen und Kringel. Und als sie zu Hause war, setzte sie sich in ihr Bettchen und knuspert da wohl heute noch.

von
Reimer Liess.

Trümmerarbeit in Hamburg

In allen Märchengeschichten erleben die Kinder ihre Abenteuer selbstständig, ohne Erwachsene. Besonders in den vorangegangenen zwei Märchengeschichten und auch den beiden folgenden zeigen die Kinder Eigeninitative und Leistungsbereitschaft, helfen, arbeiten mit und erhalten ihren Lohn dafür. Genau wie in den Märchen ist Armut immer ein Thema, aber gerade auch das Wissen darum, dass nur bei Arbeit auch entsprechender Lohn winkt.

Hamburg liegt in Trümmern. Alle öffentlichen Aufräumungsarbeiten werden vom Heiligengeistfeld aus geleitet: dort sitzt das "Aufräumungsamt" der Gemeindeverwaltung Hamburg. Der Schutt der zerstörten Häuser, 277 Schulen, 24 Krankenhäusern und 58 Kirchen würde die Außenalster 23 Meter hoch auffüllen. Überlebensangst treibt viele Frauen zur Trümmerbeseitigung, denn diese garantiert neben Lohn auch die bessere Kategorie II im 5stufigen Berechtigungssystem der Lebensmittelzuteilungen. Ab dem 21. August 1945 werden auch Hamburger Schüler ab

16 Jahren von der Schulverwaltungen zu Trümmerarbeiten abgestellt. Sie erhalten einen garantierten Lohn sowie zusätzliche Lebensmittel. Die schwere Arbeit wird größtenteils ohne schwere Maschinen erledigt, was bei vielen Menschen gravierende Gesundheitsschäden nach sich zieht. Eine Prognose schätzte die für die erforderliche Zeit zur Beseitigung aller Trümmer auf 20 Jahre. Hamburg schaffte es innerhalb von 10 Jahren.

Die Notwendigkeit von Pflichtbewusstsein und Leistung ist für die Schulkinder tagtäglich gezwungenermaßen sichtbar, auch durch die Trümmerbeseitigung. Nach der Währungsreform erinnert die Rückseite des 50-Pfennig-Stückes mit einer Eichen-Pflanzerin sowohl an die Wiederaufforstung als auch an die Trümmerfrauen. Dieses Eichenmotiv findet sich auch heute noch auf den 1 - 5 Cent Rückseiten der deutschen Euromünzen wieder.

Die Fahrt in den Himmel.
　　Es war einmal ein Junge,
der wollte gerne in den Himmel,
zu dem Nikolaus, zu dem Weihnachts=
mann und zu den Engeln. Er stellte am
Nikolaustag einen Schuh auf die

Fensterbank. Er wußte von seiner Mutter wann der Nikolaus kommt. Er blieb so lange wach bis der Nikolaus kam. Der Junge fragte, ob er ihn nicht mit in den Himmel nehmen könnte. "Ja," sagte der Nikolaus, "das kann ich wenn du artig bist. Nun ging die Fahrt los. Sie fuhren mit einem Schlitten. An schönen Gärten kamen sie vorüber, so etwas hatte er noch nie gesehen. Jetzt waren sie im Himmel, da gab es aber viel zu sehen. Zuerst kamen sie in die Backstube, und dann ging es in die Spielzeug-Werkstatt. Da gab es noch mehr zu sehen. Nikolaus sagte: "Nun kannst du mit mir die Sachen zu anderen Kindern bringen." Das

machte ihm sehr viel Spaß. Nun sagte
Nikolaus:" Nimm dir, das was dir am
besten gefällt mit hinunter auf die Erde."
Da nahm er sich eine Eisenbahn mit
auf die Erde. Und seine Freunde bewun
derten die Eisenbahn sehr und spielten
an den Weihnachtstagen oft damit.
       von
       Peter Hilke

Schule nach dem Krieg

Wegen des Krieges hatte es 2 Jahre lang keinen geregelten Unterricht mehr in Hamburg gegeben, 277 Schulen lagen in Trümmer. Schule musste größtenteils improvisiert werden. Trotz aller Probleme wurde am Montag den 6. August 1945 mit einer einfachen Zeremonie in der Schule Graudenzer Weg (ab 1959 Schule Alter Teichweg) der Hamburger Schulbetrieb für zunächst 50.000 Schüler in 1000 Klassen wiederaufgenommen. Die anfängliche Anzahl von nur 150 intakten Schulgebäuden führte zu sehr weiten und gefährlichen Schulwegen. Die Schulen operierten mit Klassen von bis zu 56 Schülern und Schülerinnen im Schichtunterricht (morgens und nachmittags).

Nach den Schrecken des Krieges bot die Schule vielen Kindern einen neuen, zuverlässig geschützten Lebensraum. Gleichwohl haben sie oft keine Eltern mehr oder nur eine Mutter. Viele der Männer waren im Krieg gefallen, vermisst, verletzt oder in Gefangenschaft geraten.

Schulmaterial war Mangelware, als Papier wurden lose Zettel sowie Rückseiten bereits beschriebener Briefe genutzt, viele Kinder hatten keinen Ranzen oder eine Brottasche. Während ein Lehrerstudium heute 6 Jahre dauert wurden nach dem Krieg Lehrer in zweiwöchigen Volkshochschulkursen ausgebildet und zugelassen. Besondere Schulbildung oder Vorkenntnisse waren zunächst nicht erforderlich. Über tausend von der Militärregierung auf diesem Wege anerkannte Lehrer standen zum Schulstart zur Verfügung. Alle Schüler erhielten Schulspeisung, zumeist Suppe in allen möglichen Variationen, was eben gerade da war. Viele Schüler hatten das Kochgeschirr der Soldaten übernommen. Blieb Essen übrig, nahmen die Schüler es oft heimlich mit nach Hause. Oft wurden Schulkinder unterschiedlichen Alters in der gleichen Klasse unterrichtet; wenn möglich, wurden aber Mädchen und Jungen getrennt unterrichtet. Im Winter waren die Schulen nicht geheizt, die gesamte Klasse saß dann mit Jacken, Mützen und Handschuhen im Unterricht.

Im Schloße.

Es war einmal ein Mädchen, es hatte keine Eltern und keine Verwandten mehr. Darüber war es immer sehr betrübt. An einem kalten Winterabend ging das Mädchen in einen Wald. Es schneite sehr und da=

rum konnte sie nicht richtig sehen,
wohin sie ging. Auf einmal flog sie in
eine tiefe Kuhle, immer weiter, immer
weiter bald war sie unten angelangt.
Sie stand in einem großen Raum,
prächtige Lampen hingen an den Wän=
den und hübsche Frahen mit Gold
verziert standen da. Sie ging dann
weiter durch einen dunklen Gang. Da
kam sie in einen anderen Raum.
Dort stand eine hübsche Prinzessin.
Die Prinzessin sagte:" Wie bist du hier
in mein Schloß gekommen und was
willst du hier." Das Mädchen erzähl=
te wie sie hierher gekommen war. Da=
rauf sagte die Prinzessin:" Weißt du,
daß heute der Heilige Abend ist?" "Nein,"

sagte das Mädchen. „Dann komme einmal mit mir," sagte wieder die Prinzessin. Das Mädchen folgte der Prinzessin, sie kamen in eine Stube, in der Mitte dieser stand ein Tannenbaum mit hübschen bunten Lichtern und Kugeln und noch anderem Schmuck. Unter dem Tannenbaum stand ein Geschenk und ein Teller für das Mädchen. „Dieses Zimmer schenke ich dir weil du arm bist und keine Eltern mehr hast," sagte die Prinzessin. Mit großer Freude besichtigte das Mädchen ihre Geschenke. Das war ohne Eltern ein schöner Heiliger Abend.

von
Margret Wolgast.

Karls Weihnachtstraum

Das Weihnachtsmärchen von Karl ist sprachlich und inhaltlich von allen Geschichten mit am Auffälligsten. Karl handelt nicht selbst, sondern die Ereignisse geschehen ihm. Dies drückt auch die Zeichnung aus: sie zeigt eine liegende, schlafende Person. Obendrein ist es das einzige Märchen, mit einer illegalen Handlung. Holzsammeln nach dem Krieg war wilder Holzklau und auch im Niendorfer Gehege nach dem Krieg verboten, wenngleich aus der Not geborene gängige Praxis. Auch heute noch wird ein Holzsammelschein benötigt.

Karl leidet unter dem Holzklau, sowohl physisch als auch psychisch. Er ist verzweifelt, ihm ist kalt, ja er schläft sogar ein. Ein dauerhafter oder nur ein Dornröschen Schlaf? Karl kehrt aus dem Wald nicht mehr aus eigener Kraft zurück, er muss getragen werden. Gefunden und erlöst wird Karl ausgerechnet vom Förster, demjenigen, den er beim Holzsammeln bestohlen hat. Zufall, oder heimlicher Wunsch nach Vergebung und um nie wieder Holz klauen zu müssen? Ein möglicher

Schlüssel zum Verständnis dieses eigenwilligen Märchens könnte die Tatsache sein, dass der Vater des Autors im Krieg gefallen war.

Von Joachim Schlünzen, dem Autor von "Karls Weihnachtstraum" ist darüber hinaus lediglich bekannt, dass er frühzeitig verstorben ist.

Karls Weihnachtstraum.

Es war einmal ein kleiner Junge. Er hieß Karl. Er hatte keine Eltern mehr und war sehr arm. Eines Tages mußte Karl in den Wald, um Holz zu sammeln, es war um die Weihnachtszeit. Draußen

war es bitterkalt und der Schnee
fiel in dichten Flocken. Von dem
vielen Laufen und Bücken wurde
Karl müde, legte sich unter einen
Tannenbaum und schlief ein. Es
träumte ihm, der Nikolaus käme
des Weges und nähme ihn mit in
seine Hütte, die tief im Walde
versteckt lag. Ihm wurde bange
und er weinte bitterlich. Niko=
laus tröstete ihn und versprach,
ihn mit in den Himmel zu neh=
men. Er erzählte ihm auch von
den vielen Engeln und wie schön
es dort sei. Nikolaus nahm seinen
großen Schlitten, spannte zwei Hir=
sche davor und nun ging es lustig

durch Schneegestöber hinauf in den Himmel. Nikolaus erzählte ihm unterwegs, daß von den Engeln im Himmel Spielsachen angefertigt würden, die dann das Christkind zu guten Kindern auf die Erde bringt. Als sie im Himmel angekommen waren, öffnete Petrus ihnen mit dem großen Himmelsschlüssel das Tor. Als sie eintraten, hörten sie das Geklopfe, Sägen und Hämmern. Karl sah mit seinen Augen all die Herrlichkeit. Nun kamen sie in die Backstube, wo die Süßigkeiten hergestellt wurden. Karl gefiel alles, aber ganz besonders eine Eisenbahn. Ach, wie war die schön, zwei

Güterwagen und eine Lokomotive, in dem Personenwagen saßen sogar Leute. Nun erwachte Karl. Ihm fror und er weinte bitterlich. Zufällig kam der Förster durch den Wald und fand den Knaben. Er hob Karl auf und nahm ihn mit in seine Wohnung zu seinen Kindern. Es war gerade Heiligabend. Sie legten Karl in ein warmes Bett und gaben ihm Essen und Trinken. Als dann später der Tannenbaum angezündet wurde und die Tür sich öffnete trat das Christkind herein und brachte Karl eine Eisenbahn, wovon er geträumt und die er sich so sehnlichst gewünscht hatte.

von
Joachim Schlünzen